I0683633

PROLOGUE

LU PAR M. H. BALLANDE A LA SALLE HERZ

Le 25 Janvier 1867

POUR L'INAUGURATION DES REPRÉSENTATIONS

DE LA

SOCIÉTÉ DE PATRONAGE

DES AUTEURS DRAMATIQUES INCONNUS

et à l'occasion de la première représentation de

UNE FEMME

COMÉDIE DE LUI, EN QUATRE ACTES, EN PROSE

H. BALLANDE

PARIS

DENTU, LIBRAIRE-ÉDITEUR

13, GALERIE D'ORLÉANS

1867

PROLOGUE

LU PAR M. **H. BALLANDE** A LA SALLE HERZ

Le 25 Janvier 1867

POUR L'INAUGURATION DES REPRÉSENTATIONS

DE LA

SOCIÉTÉ DE PATRONAGE

DES AUTEURS DRAMATIQUES INCONNUS

et à l'occasion de la première représentation de

UNE FEMME

COMÉDIE DE LUI, EN QUATRE ACTES, EN PROSE

H. BALLANDE

PARIS

DENTU, LIBRAIRE-ÉDITEUR

13, GALERIE D'ORLÉANS

1867

DÉPOT LÉGAL
Seine
N° 1172
1867

BIBLIOTHÈQUE IMPÉRIALE IMPR.

37842

Ye

INAUGURATION DES REPRÉSENTATIONS

DE LA

SOCIÉTÉ DE PATRONAGE

DES AUTEURS DRAMATIQUES INCONNUS.

PROLOGUE

LU PAR M. H. BALLANDE A LA SALLE HERZ

Le 25 Janvier 1867

Le monde est en travail : partout d'un pôle à l'autre,
Dans chaque nation, ainsi que dans la nôtre,
Nous sommes tous à l'œuvre, aveuglément épris
Du progrès dont l'amour gagne tous les esprits.
Chaque homme est ouvrier, et l'outil que dirige
La science, enfantant chaque jour un prodige,

Change notre planète en un vaste atelier,
Où tous les intérêts cherchent à s'allier.

Les bornes de granit des antiques frontières
Ne disparaissent pas encor tout entières,
Leur ombre grandissante aux rayons presque éteints
Du vieil esprit, qui sombre aux horizons lointains,
Assombrit bien un peu l'éclat crépusculaire
Des siècles de progrès dont le nôtre ouvre l'ère,
Mais le grand jour qui monte et qui déjà nous luit,
L'absorbera bientôt comme il fait de la nuit.

Dans ce sublime essor de tous vers la lumière,
Au front des nations la France, la première,
Marche le front levé, portant haut dans sa main,
Le flambeau rayonnant que suit le genre humain.
Vers l'avenir obscur, mais sûre d'elle-même,
Elle avance au-devant de chaque grand problème,
Le résout, puis le jette, une fois résolu,
A l'univers, surpris de ce qu'elle a voulu;

Qui par ce qu'elle a fait voit ce qu'elle peut faire ;
Elle s'impose ainsi grande à chaque hémisphère,
Et riche d'un progrès conquis par son effort,
Change un siècle de fer en un grand siècle d'or.

Mais ce rang élevé dont elle a conscience,
Elle le doit bien moins à l'art qu'à la science,
Car il ne peut comme elle, opposer aujourd'hui
A nos chefs-d'œuvre anciens un seul chef-d'œuvre à lui ;
Qu'il cherche..... c'est en vain, il est en décadence ;
Sous le mercantilisme il vit en dépendance,
Sacrifiant à l'or, ce précieux métal,
Ses aspirations sans prix vers l'idéal ;
Oubliant ce qu'il est, qu'âme de la matière,
Il peut, en l'y fixant dans sa beauté première,
Sublime imitateur de la Divinité,
Lui donner et la vie et l'immortalité.

Comment ! avoir, o ciel ! la suprême puissance,
Qui fait le marbre chair, et le verbe éloquence,

La couleur sentiment, et l'abdiquer, et choir
Jusqu'en de froids calculs dont il meurt sans espoir!

D'où lui vient ce malheur? — de cent causes diverses :
De l'absence, d'abord, de hautes controverses,
Où le public esprit venant se retremper
Saurait, en s'éclairant, sur quel travers frapper,
Et secouant alors sa borne antipathie,
Dans les luttes de l'art se mettrait de partie ;
Et ferait vers le beau rebrousser le chemin
Que vers le mauvais goût a fait le genre humain.
Il lui vient du mépris des règles éternelles,
Guides sûrs du talent vers des beautés nouvelles.
On ne doit procéder que d'inspiration,
Se dit-on, dans les arts d'imagination ;
Et faisant succéder la pratique au précepte
L'œuvre nait non viable et parfois même inepte.

Ce qui fut vrai jadis l'est encore aujourd'hui :
Le temps n'épargne pas ce qu'on a fait sans lui.
Et le vers tant vanté de l'immortel Molière,

Répété si souvent sur la même matière,
N'est une vérité que pour ces esprits forts,
Qui méditant toujours produisent sans efforts.

A cette décadence il est une autre cause,
Elle est pénible à dire et cependant je l'ose.
Sans effort de courage et sans témérité,
Par devoir, par respect dûs à la vérité;
C'est la ligue secrète, expliquée ou tacite,
Entre des Directeurs et des auteurs qu'on cite,
A la gloire, aux honneurs dès longtemps parvenus,
Pour tenir à l'écart des talents inconnus;
Pour les décourager par l'implacable lutte,
A laquelle dans l'ombre ils les tiennent en butte
Jusqu'à ce que, lassés de stériles efforts,
Ils désertent leur rive et cherchent d'autres ports;
Puis, ces rivaux, heureux de leur lâche conquête,
De ces fiers jeunes gens rient en leurs tête-à-tête.
Et prestes, au public retournent tout contents
Servir leur gros vin bleu, connu depuis vingt ans.
Celui-ci, qu'une soif de théâtre dévore,
Leur fait accroire en buvant, sans doute qu'il l'adore;

Mais que, pour s'éclairer d'une haute façon,

Ils lui servent un jour, au lieu de leur boisson,

De l'un de nos grands crûs quelque liqueur vermeille,

Ou du divin nectar que lui servait Corneille,

Et nous verrons après si, d'un rire moqueur,

Ils rediront de lui qu'il n'a ni goût, ni cœur;

Qu'il n'est plus composé que d'âmes énervées;

Qu'il ne sentirait pas les œuvres élevées;

Qu'il ne veut qu'un prétexte à passer un moment;

Des mots, un peu d'esprit, et point de sentiment;

Des filles montrant haut le mollet, bas l'épaule,

Souriant de la scène à quelque riche drôle;

Car voilà du public, ce que plusieurs auteurs,

Pensent tout haut, avec beaucoup de Directeurs.

Il en est cependant pour qui l'honneur réclame,

Et qu'un noble passé met au-dessus du blâme;

Qui savent allier avec discernement

Les intérêts de l'art au besoin du moment;

On pourrait cependant désirer d'eux encore

Moins de réserve envers des talents qu'on ignore,

Car ils ont charge d'âme aux postes avancés,

Où par d'heureux hasards ils se trouvent placés ;
Mais comme c'est enfin leur fortune qu'ils jouent,
Et qu'ils perdent avec leur honneur s'ils échouent,
Leur excès de prudence en ses égarements
A du moins quelques droits à nos ménagements.

Quant aux premiers, je crois qu'il est bon de leur dire :
Sans doute le public aime le mot pour rire,
Le trait, l'esprit et même un mollet bien tourné,
Surtout alors qu'il est moins vu que deviné ;
Mais ce n'est pourtant pas, du moins je le suppose,
Un prétexte à ne point lui donner autre chose.

L'art n'est pas composé que de détails charmants ;
Et le style élevé, de dignes sentiments,
Une heureuse abondance, une audace éclairée,
Une action croissante avec art tempérée ;
L'imprévu vraisemblable, et les nobles élans ;
Le génie alliant ses éclairs aux talents ;
Les traits de caractère, et les luttes intimes
Éclatant au dehors en cris, en mots sublimes ;

Et l'inspiration fiévreuse circulant

Dans une œuvre puissante au dénouement brûlant,

Et lui faisant franchir les hauteurs sidérales,

Où l'art se transfigure en beautés idéales,

Si bien qu'en le suivant du cœur jusqu'en ce lieu,

Par lui, l'homme, d'en bas, atteint jusques à Dieu,

Ne sont pas, selon nous, des choses si malsaines,

Que l'on doive à jamais les bannir de nos scènes;

Il les y faut plutôt rappeler, retenir,

Pour l'honneur du présent et le bien à venir.

Il le faut, car déjà, partout l'on se demande

Si notre vieille France et si belle et si grande,

N'a plus de vaillants cœurs, de juvénils talents,

Qui transportent un peuple en leurs puissants élans,

Et retrempant son âme à leur flamme sacrée,

L'épurent au contact de leur œuvre inspirée.

Nous nous hâtons, ici, de répondre pour eux

Partout, en haut, en bas les talents sont nombreux;

Un seul mot, un seul signe, un regard et de l'ombre

Vous les verrez sortir, accourir en bon nombre;

Malheureux affamés de gloire et de travaux,

Dans un repos mortel tenus par des rivaux,
Qui les forcent d'éteindre, en cet état funeste,
D'un foyer tout divin la flamme manifeste.

Oh! c'est un suicide affreux à concevoir
Que celui d'un jeune homme en proie au désespoir,
Arrachant de son sein, dans ses nuits d'insomnies,
Ses germes de talents aux douceurs infinies.
Grâce, secours, aide pour lui! Qu'est près du sien,
Dans ses hâtifs effets, le suicide ancien? —
Le coup bien affermi d'un poignard le consomme,
Et fait en un instant un cadavre d'un homme.
Mais quelle est la main sûre et quelle est l'arme aussi
Dont il doit se servir pour se frapper ici? —
Le temps seul entassant sur lui peine sur peine,
D'heure, de jour en jour, de semaine en semaine,
Et d'année en année, accomplit en son cœur
L'horrible sacrifice unique en sa rigueur.

Hé quoi! nous savons tous que de nobles natures
Succombent parmi nous à ces longues tortures,
Et nous ne faisons rien, rien pour les secourir!

Et d'esprit et de corps nous les laissons mourir !

Nous protégeons le bœuf et la bête de somme,

Mais non pas le talent d'un inconnu jeune homme ;

Et pauvre trop souvent, isolé, sans appui,

Comme Dieu même il faut qu'il tire tout de lui,

Qu'il vainque ses rivaux, qu'il s'impose à la foule,

Ou qu'à l'abîme humain comme la honte il roule,

Alors son premier cri, vers le néant jeté,

Est un cri d'anathème à la société.

Malheur, malheur affreux, quand elle le mérite ;

Et combien justement ne l'ont-ils pas maudite ? —

Le malheureux Gilbert, Hégésippe Moreau,

Le poète d'Assas, à peine en son tombeau ;

Lui, dont l'aïeul paya de sa vie une alarme

Jetée à sa patrie assoupie et sans arme,

Et tant d'autres encor, que nous ne nommons pas,

N'ont pas dû la bénir à l'heure du trépas.

Et pourtant ce dernier, en sa longue souffrance,

Avait un double titre à l'amour de la France.

Assez, et trop déjà, d'un coupable abandon !

Cher et dernier martyr du talent, ô pardon !

Ne pouvant réparer envers toi, tes semblables,
Des malheurs par la mort rendus irréparables,
Nous nous efforcerons du moins d'en prévenir
Le pénible retour dans le temps à venir.

Notre institution dans ce but là se fonde ;
Elle rallie à soi l'art, la presse, le monde,
Les lettrés, le public ; et crie aux jeunes gens,
De Paris, de Province, instruits, intelligents,
Qu'une vocation vers le théâtre entraîne,
Mais que de durs rivaux écartent de l'arène,
Venez à nous, venez de tous les points divers,
Et nos mains et nos cœurs vous sont toujours ouverts.

Nous vous épargnerons ces luttes ténébreuses,
Où tombent sans éclat tant d'âmes généreuses,
Et nous vous conduirons, de votre isolement,
Jusqu'au point où pour vous je suis en ce moment.
Car ce n'est que pour vous, oui, oui, que pour vous autres
Que mon œuvre au public se montre avant les vôtres.
Il fallait un exemple à faire abandonner

Les vieux chemins battus, je viens vous le donner.

A qui profiterait la liberté nouvelle

De se faire jouer, si l'on ne se sert d'elle ? —

De vos vœux les plus chers longtemps l'unique but,

Vous l'avez, hâtez-vous de la mettre à tribut.

Et qu'égal au phénix, qui renaît de sa cendre,

L'art reprenne son vol pour ne plus redescendre.

Pour prendre votre essort s'il faut un point d'appui,

Mettez le pied sur moi, je m'immole aujourd'hui.

Oui, s'il est parmi vous, n'importe en quel lieu sombre,

Un génie inconnu qui s'éteigne dans l'ombre,

Et qui n'ait pour briller d'un pur rayonnement

Besoin que d'un cœur d'homme, à l'entier dévouement,

Qu'il vienne, et ranimant sa jeune âme abattue,

Je me fais piédestal pour le faire statue.

Quand on ne peut briller se rendre utile est beau.

Qui ne vaut point du bois fait hampe de drapeau ?

Ma pièce est ce bois vil, c'est un moyen en somme,

Elle est pour l'art ce qu'est pour un assaut un homme,

Elle marche hardie aux murs de la cité

Où vous donnez la gloire et l'immortalité ;

Si sous vos coups mortels en martyr elle tombe,

Des égards pour le moins seront dûs à sa tombe,

Et ceux qui sur son corps pour vaincre passeront,

Lui jetteront d'en haut une fleur de leur front.

Et cette simple fleur, à défaut de victoire,

Dépassera mes vœux de bonheur et de gloire.

PARIS. — TYPOGRAPHIE DE GAITTET

1, rue du Jardnet, 1

www.ingramcontent.com/pod-product-compliance
Lightning Source LLC
Chambersburg PA
CBHW061416170626
46811CB00005B/2012

9 782019 544225